# MALUS NOCTES

Et autres contes

fantastiques

# MALUS NOCTES

## Et autres contes fantastiques

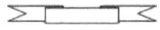

Philippe FLORIOT

En application de l'art. L.137-2.-I. du code de la propriété intellectuelle, toute reproduction et/ou divulgation de parties de l'œuvre dépassant le volume prévu par la loi est expressément interdite.

© Philippe FLORIOT, 2024

Relecture : Sylvie ESTRADE
Correction : Sylvie ESTRADE

Édition : BoD · Books on Demand, 31 avenue Saint-Rémy, 57600 Forbach, bod@bod.fr
Impression : Libri Plureos GmbH, Friedensallee 273, 22763 Hamburg (Allemagne)

ISBN : 978-2-3225-5726-4
Dépôt légal : septembre 2024

Remerciements :

A mon épouse Sylvie pour ses conseils judicieux et pour m'avoir supporté pendant ces heures d'écriture

*La nuit, les bruits sont en fête.*

*Edgar Allan Poe*

# Malus Noctes

Depuis que nous sommes à la retraite, nous avons pris l'habitude, mon épouse et moi-même, de quitter régulièrement notre appartement parisien pour aller nous ressourcer dans d'autres contrées que nous prenons plaisir à découvrir.

Cette année-là nous avions été invités à aller passer quelques jours en Novembre dans le nord de l'Angleterre chez un ancien confrère. Plus jeunes, nos deux couples s'étaient liés d'amitié lors de nos débuts professionnels. Nos parcours de vie nous avaient éloignés à la fin des années quatre-vingt-dix, mais nous étions restés en contact. La retraite avait permis de nous rapprocher à nouveau. Souhaitant finir leurs jours dans la patrie de son épouse originaire du Cumberland, mon ami y avait acquis une ancienne demeure de caractère dans le plus pur style Victorien.

Loin des grands centres urbains, nous profitions de la tranquillité de cette campagne restée sauvage. Ce soir-là, nous dinions dans la salle à manger devant la cheminée monumentale dans laquelle brûlait un grand feu qui réchauffait la maison. Dehors l'orage menaçait et l'ambiance commençait à se faire inquiétante. La pluie venait battre les carreaux au rythme des bourrasques qui faisaient plier les branches des arbres avoisinants. Le vent se plaisait à siffler d'une façon lugubre. A l'abri des lourds murs de pierre, nous échangions sur l'environnement désolé de l'habitation, sur les landes indomptées et surtout évoquions les tempêtes, en provenance de la mer d'Irlande, dont les rafales s'enfonçaient profondément dans les terres.

Ainsi, nous nous mîmes à plaisanter, mon épouse et moi-même sur l'ambiance un peu lugubre des lieux en imaginant des fantômes dans la maison. Les hurlements du vent se répercutaient dans le conduit de la cheminée ne faisant qu'accroître le côté sinistre de l'atmosphère. Notre hôte se tourna vers moi, et nous dit qu'il ne fallait pas plaisanter avec ces choses-là. Le repas finissant, il nous invita à passer dans le petit salon contigu afin de poursuivre cette conversation.

Installés dans de confortables fauteuils Chesterfield qui fleuraient bon le charme désuet du début du vingtième siècle, le maître de maison nous avait servi un Whisky écossais pur malt douze ans d'âge. Nos épouses avaient pris une Summer Cup – liqueur locale appréciée des londoniens– elles échangeaient sur les mérites et les désagréments d'une retraite campagnarde. C'est ainsi que mon ami se mit à nous révéler cette histoire singulière sur laquelle il ne s'était jamais confié.

— Au début des années 2000, je dirigeais un hôpital local dans la région Toulousaine. Il s'agissait en fait d'un ancien hospice datant de la fin du dix-neuvième siècle. Celui-ci avait été réhabilité au fil des siècles. Une partie moderne construite dans les années quatre-vingt abritait les services de médecine. Une aile de l'ancien asile était restée quasiment en l'état et abritait la maison de retraite. Le bâtiment, s'élevant sur trois niveaux, avait conservé l'architecture originelle avec ses grandes baies vitrées cerclées de métal donnant sur un jardin intérieur. Seuls des ascenseurs avaient été installés doublant les escaliers monumentaux. Et les dortoirs s'étaient vus aménagés en chambres individuelles. Les couloirs, hauts de plafond, conservaient l'esprit fin dix-neuvième siècle qui conférait à l'ensemble un aspect sinistre. L'hospice prenait alors des allures inquiétantes, la nuit tombée, lorsque chaque pensionnaire était couché et que le silence s'installait dans l'établissement. Chaque étage était surveillé la nuit par une aide-soignante. L'équipe était renforcée par un agent de service hospitalier qui allait et venait entre les niveaux afin d'intervenir à la demande.

C'est sur un de ces étages que Madame Cazeneuve une aide-soignante de nuit, fraîchement recrutée, fût retrouvée décédée au petit matin par l'équipe de relève.

Les gendarmes, dépêchés sur place, avaient interrogé l'ensemble du personnel présent dans l'établissement. L'enquête avait conclu, sur l'avis du médecin légiste, à une mort suite à un arrêt cardiaque lié vraisemblablement à une overdose d'anxiolytique. Probablement un suicide. Un flacon vide de Xanax avait été trouvé à côté du corps.

L'affaire aurait pu se terminer ainsi mais c'est en vidant son casier que l'équipe des services technique fit une curieuse découverte. Madame Cazenave tenait un journal que l'on me rapporta promptement. Si l'histoire vous intéresse, je peux aller vous le chercher, je l'ai conservé dans mes affaires tellement cette aventure m'a parue singulière.

Sans attendre notre assentiment il ouvrit un petit secrétaire duquel il sorti un carnet et me le tendit afin que j'en fisse la lecture.

Journal de Madame Cazenave :

*Je viens d'être recrutée aujourd'hui par l'hôpital. J'ai une certaine expérience du métier. Auparavant j'étais en poste d'aide-soignante dans une maison de retraite mais j'ai souhaité entrer à l'hôpital afin de bénéficier du statut de fonctionnaire. Je suis ravie du poste, c'est un travail de nuit et je suis quasiment seule, ce qui me permet de gérer mon temps comme il me plait. Les couloirs sont impressionnants, la nuit les lumières éteintes, seules quelques veilleuses donnent un semblant de clarté permettant tout juste de ne pas s'égarer. La hauteur du plafond, les colonnes et les voûtes donnent un air inquiétant. Est-ce que je vais m'y habituer ?*

*Je reprends ce journal commencé il y a une semaine. C'est bien ce que je pensais, ce boulot me convient parfaitement. Je commence à m'habituer au rythme de travail. Travailler la nuit, c'est particulier. Je vis un peu à contretemps. J'appréhendais la difficulté à supporter ce rythme décalé. Dormir le matin, me réveiller sur le coup de midi, déjeuner et non pas petit-déjeuner, parfois une sieste l'après-midi les fois où je reprends la nuit suivante. Mon organisme commence à s'habituer. La vie sociale en prend un coup, mais je vis seule avec mon chat – qui sort la nuit –. Le célibat m'évite d'avoir à croiser un compagnon le matin et le soir sans véritable vie commune. Question travail, comme je le pressentais, je m'organise comme je veux, à mon rythme. Quelques résidents sont plus demandeurs que d'autres mais dans l'ensemble, les nuits sont assez calmes. Le plus gros du boulot, c'est en début de nuit avec les toilettes et l'aide aux couchers pour ceux qui manquent d'autonomie. A partir de vingt-deux heures le service revient au calme.*

*Cela fait maintenant trois semaines que j'ai commencé. Le travail est toujours aussi plaisant. Je commence à bien connaitre les résidents. Certains me tutoient. Je maintien le vouvoiement par respect. Deux messieurs âgés cherchent à me faire des avances. Je tiens mes distances et j'ai pu poser des limites.*

*Un mois déjà. Est-ce la fatigue qui commence à se faire sentir ? Certaines nuits il m'a semblé entendre des chuchotements dans les couloirs. Il faut dire que ces corridors mal éclairés restent impressionnants. J'ai pensé que des résidents s'étaient levés et parlaient entre eux mais j'ai vérifié, tout le monde dort. Ce doit être un courant d'air. Ici le vent d'Autan – ce vent qualifié de vent des fous ou vent du diable – s'engouffre partout lorsqu'il se met à souffler et peut créer des effets sonores semblables à des bruits de voix.*

*La semaine qui vient de se passer a été difficile. Le vent est tombé mais les murmures se font désormais entendre quasiment toutes les nuits. J'ai voulu vérifier s'il s'agissait de mon imagination et j'ai appelé Stéphane, l'ASH. Le temps qu'il termine son boulot sur l'autre secteur, les bruits avaient cessés lorsqu'il est arrivé. Il n'a pas apprécié que je ne le dérange pour rien. J'appréhende de reprendre la semaine prochaine.*

*De retour dans le service après trois jours de repos, je suis prête à reprendre le boulot. Je me suis raisonnée, les bruits peuvent aussi bien provenir de rongeurs. J'ai entendu dire que des loirs nichaient dans les combles.*
*Cette nuit j'ai cru distinguer des mots articulés. Ou les ai-je imaginés ? « Je viens pour toi, tu ne m'échapperas pas. » Des chuchotements, mais il me semble bien en avoir discerné le sens. Ce bâtiment commence à me porter sur les nerfs. Je n'ose pas en parler aux collègues, j'ai peur de passer pour folle. Je me demande s'il n'y a pas quelques résidents qui jouent à m'effrayer la nuit.*

*Une semaine que plus aucun bruit ne se fait entendre. Le vent d'Autan s'est calmé. Cela me rassure. Je reprends mon travail plus sereinement.*

*Voilà que les bruits ont recommencé. Des vocalises plus fortes que par le passé. Je ne vais pas me laisser aller à une peur irraisonnée, même si le décor baroque encourage l'imagination. Je décide de vérifier chaque chambre,* surveiller chaque résident, afin de repérer celui ou celle qui me joue ce mauvais tour. Je finirai bien par le dénicher.

Cette nuit, j'ai voulu faire appel à Stéphane afin qu'il m'aide à identifier ce mauvais plaisantin. Je suis prête à tout lui raconter, et tant pis s'il pense que je perds la tête. J'apprends qu'il est en congé. C'est un remplaçant qui intervient sur l'EHPAD. Je ne vais pas faire appel à lui. Je ne le connais pas. J'attendrai que mon collègue revienne. En attendant je poursuis ma petite enquête.

Cela fait maintenant dix jours que je mène mes investigations pour découvrir qui cherche à m'apeurer. Ceci-dit, il a un peu réussi. Mais je ne vais pas mettre un terme à mon contrat alors que je ne suis pas encore titularisée. Les bruits sont de plus en plus perceptibles et ont évolué devenant plus fréquents. Parfois cela ressemble à des plaintes, plus souvent à des vocalises généralement incompréhensibles. Pourrait-il s'agir d'un résident souffrant que l'on ne m'aurait pas signalé ? Je refais le tour de toutes les chambres. Je reste parfois plusieurs minutes à les observer. Tout le monde dort.

Cette nuit le vent a repris de plus belle et s'engouffre dans les interstices des huisseries avec des sifflements sinistres. En faisant ma tournée, j'ai découvert madame Gabard sans vie. J'ai appelé le médecin de garde qui est arrivé rapidement pour constater le décès. Ce n'est pas une première pour moi, mais je n'arrive pas à m'y habituer. Même si elle approchait des quatre-vingt-dix- huit ans, sa mort m'a profondément touchée. Peut-être aussi que mon état fragilisé par ces dernières nuits ne m'aide pas à prendre de la distance par rapport à l'évènement. La présence du médecin dans le service me rassure. Cela fait du bien de ne pas être seule dans ces moments-là. Les voix se sont manifestées aussitôt l'arrivée du médecin J'ai cru entendre « Bientôt ce sera ton tour. » Certainement mon imagination, car le toubib n'a rien entendu. Je ne le lui ai pas demandé, mais la voix s'est exprimée cette fois-ci assez distinctement et il n'a pas réagi. Bon peut être qu'un peu de repos me fera du bien.

*J'ai pris une semaine de congé. Ça m'a fait du bien. Je suis allée voir mon médecin traitant. J'ai entièrement confiance en lui. Je lui ai tout raconté. Il a pris le temps de m'écouter et m'a prescrit un anxiolytique léger. Il trouve bien que je mette par écrit ces évènements. Cela me permet de prendre du recul. Pour lui, c'est le changement de lieu de travail doublé d'un nouveau rythme. Il m'a conseillé de demander à passer en équipe de jour.*

*J'ai beaucoup hésité à faire ma demande pour passer en horaires de journée. J'aime bien avoir ma liberté d'organisation. Si je passe de jour je vais travailler en équipe avec les contraintes que je connaissais auparavant. Suis-je prête à reprendre ce rythme et supporter d'autres collègues qui n'auront pas forcément les mêmes manières de travailler que moi ?*
*J'ai quand même fait ma demande auprès de la DRH. La réponse ne s'est pas fait attendre. « Vous êtes nouvelle dans*

*le service, le poste que vous occupez actuellement est le seul que l'on a à vous proposer. Il vous faudra attendre que quelqu'un postule en nuit sur ce service pour prétendre à prendre une fonction sur un service de jour. » Heureusement que les anxiolytiques m'ont aidé à encaisser la réponse.*

*J'ai donc repris mon poste, avec ces complaintes et menaces qui deviennent désormais mes compagnes nocturnes. J'arrive le soir après avoir pris ma dose de calmant qui me permet d'affronter mes démons en toute sérénité. J'en suis à répondre aux voix que j'entends. Tant qu'à être folle, soyons le jusqu'au bout. « Tu es à moi maintenant, ma vengeance va s'accomplir. » « Ah oui, et comment tu vas t'y prendre ? » je réponds, bravache – même si au fond de moi je reste morte d'inquiétude –. Là je pense que je lui ai cloué le bec !*

*Trois nuits que je n'entends plus rien, si ce n'est parfois les gémissements de certains résidents. Mais ça c'est du concret, je sais comment le traiter. Finalement la thérapeutique de mon médecin semble faire son effet. D'autant que le vent s'est calmé.*

*Cette nuit, les voix se sont à nouveau fait entendre. Bien plus claires cette fois. Et à nouveau ce vent qui revient comme une litanie. Ce qui m'a effrayé c'est que les vociférations se sont accompagnées de manifestations visuelles. Il m'a semblé discerner de longs filaments blanchâtres sortir du mur devant moi, tourbillonner et* s'enfoncer dans le sol. Je ne m'explique pas cette apparition, si ce n'est un courant d'air particulier apportant un peu de brouillard de l'extérieur, ou alors un effet hallucinatoire de l'anxiolytique.

Je reviens sur ce que j'ai cru voir hier. Ces fins bouts de brume sortant des murs. Cette nuit l'hallucination s'est à nouveau manifestée. Plus longuement cette fois, accompagnée de sons plaintifs et de sifflements. Un effet de mon changement de rythme m'a dit mon médecin. Je sais qu'il s'agit de mon imagination. Je prends la décision de les ignorer totalement.
Je me reconcentre sur mon travail, l'accompagnement des patients.

Aujourd'hui les voix – devrais-je dire la voix ? Il me semble que c'est toujours la même – se sont manifestées plus fortement qu'à l'accoutumée, à tel point que j'ai craint un moment que cela ne réveille les résidents. J'ai appelé Stéphane afin qu'il vienne. Il a dû sentir l'angoisse dans ma voix, il est descendu de suite. « Que ce passe-t-il ? » m'a-t-il demandé. « Tu n'entends pas ? » « Et bien, à part le vent qui tourne dans la cour avec un bruit de forge, je n'entends rien d'autre. » « Mais cette voix qui crie mon nom ? » Là je pense qu'il m'a prise pour une hallucinée. Il s'est arrêté, s'est planté devant moi et m'a regardé l'œil interrogatif. J'ai soutenu son regard. « Ben quoi ! » Il a haussé les épaules, puis est retourné à son poste de travail.
Là, je ne me suis pas sentie soutenue. Bon, c'est vrai que, vu de l'extérieur, j'ai dû lui paraitre un peu dérangée. Sitôt

qu'il a eu le dos tourné, des formes blanches ont commencées à apparaitre et me tourner autour. J'ai allumé toutes les lampes ce qui les a fait disparaitre aussitôt. Bonne idée les lampes. Pourquoi n'y ai-je pas pensé plus tôt ? Moi qui restais dans la pénombre. Il est vrai que la nuit nous ne pouvons pas laisser les lumières allumées, eu égard aux résidents.

Ce soir une fois tous les patients couchés et endormis, j'ai rallumé les lampes des couloirs. J'espère ainsi calmer mes hallucinations visuelles. La voix a appelé mais aucune apparition de volutes blanches. J'ai laissé crier sans m'en préoccuper. Ce « fantôme hurleur » comme je l'appelle maintenant ne me fait plus peur. Je sais que je peux lui tenir tête. Je me remets désormais à mes taches professionnelles plus sereinement.

Une semaine que j'allume régulièrement les couloirs. Plus de manifestations visuelles. La voix poursuit ses invectives mais je laisse dire. Je pense que le traitement de mon généraliste m'aide à conserver ce calme qui me surprend moi-même.

Ce soir malgré les lumières j'ai aperçu à nouveau quelques brumes dans un recoin quelque peu éloigné des chambres. Il y a des locaux techniques à cet endroit. Je n'ai pas à m'y rendre, sauf nécessité de nettoyer une chambre ou chercher de nouvelles protections sanitaires pour un résident. Mais généralement tout cela est anticipé en début de soirée.

*Nouvelle nuit au cours de laquelle mon fantôme s'est manifesté d'une façon inattendue, toujours du côté des locaux techniques. Une forme laiteuse, étirée, prenant parfois des allures humaines. Je l'ai superbement ignorée.*

*Les nuées opalescentes semblent prendre de plus en plus d'épaisseur au fil des nuits. Cela fait dix jours qu'elles apparaissent désormais quotidiennement. Je commence à ressentir une légère inquiétude d'autant que la voix se fait de plus en plus menaçante à mon encontre. Je me demande ce que je lui ai fait. Voilà maintenant que je prends mes hallucinations pour la réalité.*

*Cette nuit a été affreuse. Déjà le vent souffle en tempête et fait vibrer les baies vitrées, contrariant le sommeil des résidents. Puis, une fois ceux-ci endormis, mon fantôme s'est mis à me harceler, et ce pendant toute la nuit alors que sa matérialisation physique me tournait autour malgré la luminosité, un peu comme si la lumière incommodait moins sa manifestation. Je dois retravailler demain mais je ne sais pas si je reviendrai. J'avoue que je commence à avoir peur.*

*Je suis allée voir à nouveau mon médecin. Je lui ai raconté mes mésaventures. Il craint un début de schizophrénie. Il m'a demandé si je poursuivais l'écriture de mon journal. Pour lui cela fait partie de la thérapie et doit m'aider. Il m'a prescrit un nouvel anxiolytique plus puissant et un arrêt de travail d'une semaine pour me permettre de me reposer.*

*Je viens de reprendre le travail, avec une certaine appréhension malgré mon nouveau traitement médical. Je vais laisser les lumières allumées et me concentrer sur les prises en charge des résidents. Minuit arrive sans aucune manifestation particulière. Pas de voix ni de fantôme. Tout à coup, la lumière se met à vaciller avant de s'éteindre totalement. Seules les veilleuses de sécurité permettent d'apporter encore une légère clarté. C'est dans cette semi-obscurité que prend forme un spectre blême dans le couloir face à moi. J'entends clairement cette fois-ci une voix semblant venir d'outre-tombe me crier « Enfin je tiens ma vengeance ! ».*
*Je me précipite dans la salle de soins pour mettre par écrit ce que je viens de vivre espérant une hypothétique accalmie de mes hallucinations. J'attrape mon flacon de " Xanax" pour calmer ma crise.*

Lors de la lecture du journal, la tempête à l'extérieur avait redoublé d'intensité, comme en écho au vent d'Autan et à la montée en puissance du récit. Les branches les plus proches de la maison venaient battre violemment les volets, comme pour nous dire quelque chose. Nos hôtes ne s'en souciaient guère, habitués certainement qu'ils étaient à ces brutales manifestations de la nature.

— Le journal s'arrête là, daté du jour du décès. On pourrait penser que cette pauvre femme était fragile mentalement, mais j'ai trouvé autre chose.

— Et que s'est-il passé, alors ?

— L'affaire m'intriguait, surtout les déclarations de Stéphane l'ASH qui me semblaient confuses et m'ont poussées à aller chercher plus loin. Je suis allé consulter les archives de l'hôpital, ou plutôt de l'hospice. Car il faut remonter à la fin du dix-neuvième siècle, précisément en 1885. Alors voilà ce que j'ai découvert.

Un rapport d'évènements, qui date de cette année-là, relate les faits suivants :
A l'époque un malade dénommé Mathieu Blanchard avait été admis à l'hospice. Le pauvre homme était sans famille et quasi mourant, couvert d'escarres purulentes. Une religieuse soignante l'avait relégué dans un coin sans soin ni accompagnement. L'homme hurlait de douleur et demandait constamment une présence auprès de lui. La sœur excédée était revenue et lui avait dit « si tu veux des raisons de crier, je vais t'en donner. » Elle lui avait versé de l'alcool sur les plaies, puis lui avait fourré un linge dans la bouche pour étouffer les cris. Lui, les yeux exorbités, s'asphyxiait. Le témoignage de la scène a été recueilli auprès d'une jeune fille de salle qui avait été effarée du traitement administré. Bravant l'autorité de la supérieure, au risque de se faire renvoyer, elle était intervenue pour lui retirer le bâillon. Malheureusement Blanchard vivait ses dernières secondes il eut cependant la force de dire « Je maudis cette famille et sa descendance, je reviendrai me venger. » La sœur tortionnaire termina sa vie recluse dans un prieuré voisin, à moitié folle. Elle disait voir un fantôme venir la torturer toutes les nuits.

— Et vous pensez qu'il y a un lien entre ces deux affaires ?

— Je le pense, oui. J'ai fait quelques recherches généalogiques, la religieuse en question avait été accueillie comme fille mère dans un couvent. L'enfant, un garçon, avait été mis en nourrice, mais elle l'avait reconnu et lui avait donné son nom. Ensuite, entrée dans les ordres, et malgré son caractère aigri, elle avait embrassé la vocation de religieuse hospitalière. Savez-vous comment s'appelait cette sœur ? Cazenave. Il se trouve que c'était l'aïeule de notre aide-soignante.

Un frisson me parcouru, mais mon esprit cartésien ne pouvait accepter l'éventualité d'une intervention d'outre-tombe.
— La folie ne peut-elle pas être à l'origine des délires de cette pauvre femme ? L'ambiance sinistre de l'hôpital, la nuit, tout inciterait à provoquer chez quiconque une inquiétude légitime. Enfin, si l'on rajoute le lourd fardeau héréditaire de cette femme, sa fragilité lui aura fait entendre des voix. La peur, encourageant le suicide peut être la cause du décès.
Tenez, ce soir, votre maison victorienne, la tempête au dehors, l'isolement au milieu d'une lande déserte pourrait aisément stimuler notre imaginaire. Et, pourquoi pas, nous questionner sur d'éventuelles présences subtiles, d'immémoriaux inconnus, nous encerclant dans cette imposante demeure ?

— Qui sait ?

# En thérapie

– Bonjour Docteur, je fais un rêve récurent qui me gâche l'existence.
– Allongez-vous sur le divan et racontez-moi cela dans le détail voulez-vous ?

∧∧∧∧∧∧∧∧∧∧∧

*Ce matin, l'horreur ! Je me réveille avec ce cauchemar encore très présent. Je me suis métamorphosé en cafard. Depuis que l'homme pollue la planète, ça devait bien arriver un jour. J'ai toujours pensé que toutes ces saloperies balancées dans la nature finiraient par nous revenir à la figure comme un boomerang. Kafka était-il prophète ? La transformation s'est opérée en silence, pendant la nuit. De façon surprenante, sans douleur. Je ne me suis même pas réveillé. C'est au lever, en soulevant la couette, que j'ai découvert la monstruosité. Heureusement que je vis seul. A supposer que j'eusse été marié, j'imagine la tête qu'aurait fait ma femme en découvrant un insecte gigantesque à ses côtés. Comme repoussoir on fait difficilement mieux. En plus j'ai l'habitude de dormir sur le dos, alors concevez que, pourvu désormais de deux élytres, j'ai eu grand mal à me remettre sur mes pattes. Emmêlé dans les draps, je tente de me dégager. Je me retourne, glisse et tombe lourdement sur le sol. Heureusement que je ne me suis pas transformé en rhinocéros. Je finis enfin par émerger de dessous les draps que j'ai emportés dans ma chute et mets quelques secondes à reprendre mes esprits. Encore une chance que nous soyons le week-end, je n'ai pas à me rendre au travail. La tête qu'auraient fait mes collègues.*

Bon ! Ce n'est pas tout mais il va falloir que je me bouge. Mon abdomen distendu gargouille, j'ai faim. Au moins, cela me raccroche à mon quotidien. Tous les matins je commence ma journée par une bonne douche suivie d'un copieux petit déjeuner. La douche ! Je me précipite vers la salle d'eau. Déjà ouvrir la porte est une première épreuve que je finis par surmonter. Je m'approche du lavabo et reste pétrifié devant mon reflet dans le miroir. C'est là que je commence à comprendre toute l'horreur de la situation. Quelle calamité ! Qu'ai-je donc commis comme faute pour encourir une telle malédiction.

Il me vient comme une envie de pleurer... mais les larmes ne sortent pas. J'attrape machinalement la brosse à dents, et me retrouve stupide avec cet outil inutile dans ma griffe droite. Au moins, me dis-je, c'est toujours ça de gagné. Pas de brossage de dents ni de rasage le matin. J'essaye l'humour et la prise de recul pour m'aider à faire face à cette ahurissante situation et éviter le cafard. (Je me plais à sourire de cette galéjade).

Je me précipite vers la douche. Impossible de tourner le robinet. D'ailleurs je ne ressens pas le besoin de me laver. La saleté serait-elle une seconde nature chez les blattes ? Néanmoins une pulsion me pousse irrésistiblement vers la bonde du bac que j'agrippe de toutes mes forces. Je place mon museau au-dessus et respire une grande goulée de ces effluves délicieux. C'est bien ce que je me disais, j'ai faim.

Ce n'est pas parce que je suis devenu cafard que je vais me laisser abattre.

*En rampant sur mes six pattes, je me dirige vers mon frigo. Il me faut maintenant l'ouvrir. Bon l'opération se déroule plus facilement que ce que je craignais. Dressé sur mes quatre postérieures, je parviens, à l'aide de mes griffes, à attraper la porte du réfrigérateur en prenant appui sur le montant de celui-ci. Je commence à m'habituer à ce nouveau corps.*

*La porte s'ouvre dans un bruit de succion. Et là, nouvelle surprise, le frigo est rempli de pourriture. Le beurre est rance, le lait caillé, les brioches moisies. Même mon frigo s'est métamorphosé... en poubelle. Je m'approche et, à l'aide de mes antennes, je renifle. Mais c'est que ça sent bigrement bon ! Enfin, vu mon état, je conçois que la pourriture, ça doit convenir pour un petit déjeuner. Une fois rassasié, le frigo vidé, je me pose un moment et me met à réfléchir. J'ai bien l'idée d'appeler ma mère, mais je ne suis pas certain de pouvoir utiliser le téléphone. A supposer que je le puisse, j'ignore si je suis en capacité d'articuler deux mots.*

*L'idée d'appeler quelqu'un ayant fait long feu, je décide d'allumer la télé afin de prendre des nouvelles du monde. Impossible d'utiliser la touche tactile de la télécommande. Ces humains n'ont en rien anticipé l'utilisation des technologies modernes par une autre forme de vie que la leur. Bon ! Je commence à tourner en rond dans mon appartement. Je jette un œil par la fenêtre. Enfin, jeter un œil est une façon de parler, avec mes deux yeux à facettes. J'ai une vision binoculaire de près et à trois cent soixante degrés de loin. Pratique. Je m'approche donc de la fenêtre en faisant attention à ne pas être vu de l'extérieur.*

*Même s'il y a peu de risque que quelqu'un me voit car celle-ci donne sur le mur borgne d'une cour intérieure. Ma curiosité est piètrement récompensée. Pas plus d'information sur le reste du monde.*

*Il va donc falloir que je sorte, ne serait-ce que pour trouver à manger. Ce matin je me sens un appétit d'ogre malgré le petit déjeuner copieux. J'ai terminé ce qui se trouvait dans mon frigo… et j'ai encore faim. Descendre dans la rue ne m'enchante guère. J'envisage un moment de rester me terrer dans mon appartement jusqu'à ce que ce cauchemar s'arrête. A propos de cauchemar, ne serais-je pas en train de rêver ?*

*Il m'est déjà arrivé par le passé, du temps où j'étais humain, de faire des rêves tellement réalistes que je me suis déjà posé, à juste titre, cette question. Je me réveillais alors quelques secondes plus tard, souvent en sueur de l'émotion de mes cauchemars, avec cependant un sentiment de soulagement ineffable. Se pourrait-il qu'il en soit encore de même ? Il parait que si l'on se pince en rêve on ne ressent pas la douleur. Je tente l'expérience. Vainement ! La cuticule qui recouvre mon corps rend impossible tout pincement. Bon, je me tâte. Là encore façon de parler. J'attends de me réveiller ou je sors ? Je me décide à sortir de mon logement, quelles qu'en soient les conséquences. Et si je dois me réveiller, alors tant mieux.*

*Je m'imagine la tête des voisins que je pourrais croiser dans l'escalier. Je crains surtout l'arrivée dans la rue. J'appréhende le regard que les gens vont porter sur moi.*

*Ouvrir la porte de l'appartement me pose peu de difficulté. Je commence à bien maîtriser mes pattes et l'usage de mes griffes, même si je reste fortement handicapé dans ce monde conçu pour et par les humains. Je redoute l'extérieur. Au-delà des complications occasionnées par les équipements, c'est aussi le malaise provoqué par le regard d'autrui que je crains le plus. Je m'attends à tout. Affolement, rejet, violences, j'espère surtout que personne ne va appeler les services d'hygiène pour me décafardiser.*

*Arrivé sur le palier de mon appartement je me rassure. Personne. Si l'on exclut l'affrontement futur avec le dehors et le reste de l'humanité, le plus dur reste à faire. Descendre quatre étages ! Je me dirige vers l'ascenseur sans grande conviction. Déjà accéder au bouton d'appel me prend plusieurs minutes. Prenant appuis sur le mur, je me dresse afin de l'atteindre. Pas facile. Encore moins aisé d'ouvrir la porte lorsque l'ascenseur s'arrête à mon étage. Inquiet que quelqu'un surgisse à l'improviste. Bienheureux déjà que la cabine soit vide. Je réussis pourtant à l'ouvrir et me faufile en rampant tant bien que mal dans le réduit qui se présente devant moi. La porte se referme… et s'ouvre à nouveau automatiquement. Qu'est-ce qui bloque ? Mes pattes arrière ! Je n'ai rien senti. Je me retourne difficilement afin de rentrer mon arrière-train. Seulement maintenant c'est ma tête qui reste dehors. Impossible de trouver une position qui permette de la refermer. Enfin, une fois dedans, je me retrouve coincé et ne réussis pas à atteindre les boutons pour activer la redescente.*

*Je dois me rendre à l'évidence, prendre l'ascenseur est désormais irréalisable, ces engins ont été conçus pour* des bipèdes. Il me faut pourtant descendre, ne serait-ce que pour trouver à manger. Je vais devoir prendre les escaliers. Quatre étages. Et si je rencontre un voisin ? Je sais comment font les humains avec un cafard. Ils l'écrasent. Bon, c'est vrai que vu ma taille ils auront du mal. Mais ça risque d'être la panique.

    Je décide donc, en désespoir de cause, de prendre les escaliers en priant le dieu des cafards de ne croiser personne. La descente des premières volées de marches se passe de façon rocambolesque. Je termine par un roulé boulé sur le demi-palier. Je m'aventure plus prudemment et réussi un rampé-glissé de toute beauté. Toujours personne en vue. Je poursuis ma descente, inquiet, je m'attends cependant à tout moment à croiser quelqu'un, à des cris, des hurlements de terreur. J'imagine les coups de pieds, le déboulé dans les escaliers Je me vois mal dévaler les marches suite à une agression qui m'y propulserait brutalement. Notez que je descendrais plus vite. Mais dans quel état serais-je à l'arrivée ? Dans la rue, je sais que je pourrai me déplacer suffisamment rapidement pour échapper au danger. Je maîtrise de mieux en mieux mes six pattes. Mais les escaliers sont un terrain bien moins praticable pour penser fuir un humain en panique.

    Je finis cependant par atteindre le rez-de-chaussée sans mauvaise rencontre. Peut-être existe-t-il un Dieu des cafards.

    Me postant sur mes pattes arrière, j'attrape la poignée de la porte d'entrée, qui pour l'instant est également une porte de sortie, avec l'extrémité crochue de mon antérieur droit. Je regrette mon pouce opposable, j'aurais moins eu à trimer pour ouvrir cette satanée porte. L'huis enfin ouvert, je dresse une antenne vers l'extérieur. Aucun des bruits habituels. Pas de voiture, ni de voix des passants. Par contre ma nouvelle forme me permet de découvrir des senteurs surprenantes. Je perçois les phéromones. Une grande première pour moi. Et là je discerne beaucoup d'agitation. Mes craintes augmentent à mesure que j'avance la tête par l'entrebâillement.

Je me décide à sortir sur le seuil. Heureusement que je suis déjà à plat ventre, humain je serais tombé par terre de surprise.

La première chose qui me saute aux yeux c'est cette mante religieuse géante perchée sur le platane qui borde ma rue. Première stupeur passée je me risque plus avant. A ma droite, le local à poubelles est déjà pris d'assaut par une famille de cancrelats. Mes voisins s'attaquent à mon garde-manger.

∧∧∧∧∧∧∧∧∧∧

– Alors docteur, qu'en pensez-vous ?

–Syndrome caractéristique d'une problématique alimentaire. Votre mère vous donnait elle suffisamment à manger lorsque vous étiez enfants ? Cela fera cinquante euros.

– Je vais travailler sur ce que vous venez de me dire. Merci docteur, je me sens soulagé.

–Voulez-vous que je vous aide à descendre ? Je vous remets sur vos pattes ?

# De surprenants voisins

Cela fait quelques temps déjà que nous avons aménagés dans cette grande maison en pierre un peu à l'extérieur du village. « Ce sera parfait » a dit mon père. « Ce calme, juste la fibre à faire installer, idéal pour le télétravail ».

C'était peu après le covid et nous avions quitté Paris pour venir nous installer à la campagne. Mes parents avaient mis un peu de temps avant de trouver « la perle » comme ils disent. Une grande maison, la campagne, et pas cher. Nous nous sommes installés l'été dernier.

A la rentrée, j'ai intégré le collège situé dans la ville voisine, éloignée d'une dizaine de kilomètres. Je m'y rends chaque jour avec le car scolaire qui s'arrête à proximité de la maison. J'y suis demi-pensionnaire et je déjeune à la cantine. Les repas y sont de bonne qualité et copieux l'établissement applique une politique 90% bio. Ça plait bien à mes parents. J'ai eu un peu de mal à quitter Paris et les copines, mais la campagne ça me plait bien finalement.

La maison est agréable, avec un grand jardin sur l'arrière. Mon père y a commencé un jardin potager en bordure d'un petit verger avec deux pommiers, un cerisier et des pruniers. Des buissons de mures, de framboises et des groseilliers prennent appuis sur l'autre côté contre le muret de la propriété voisine. « Au moins, nous savons d'où viennent nos légumes. »

Une ferme sur la commune nous fournis en lait, œufs et volailles. Ma mère compare notre nouvelle vie à un petit paradis.

La maison est ancienne, toute en pierre avec son toit recouvert de tuiles. Deux étages et un grenier. Au premier, mes parents ont aménagé une suite parentale traversante. J'ai ma chambre au rez-de-chaussée, au fond du couloir derrière la cuisine. La fenêtre donne sur le jardin. Un véritable bonheur d'être réveillée par les rayons du soleil le matin.

Depuis quelques mois j'entends des bruits furtifs dans la maison ainsi que des chuchotements. De la nourriture disparait du réfrigérateur et des coupes de fruits. Parfois même, des paquets entiers de biscuits disparaissent des placards. Mes parents ne s'en sont pas rendu compte de suite, mais maintenant ils m'accusent de me lever la nuit pour aller chiper de la nourriture à la cuisine. J'ai beau leur soutenir que ce n'est pas moi, ils ne veulent pas m'écouter. Lorsque je leur ai parlé des bruits suspects que j'entends la nuit, ils ont commencé à s'inquiéter pour ma santé mentale.

« Je t'assure, papa, que du bruit vient de dessous ma chambre. » « Il n'y a rien, sous ta chambre. C'est un vide sanitaire comme on en trouve dans les vieilles maisons. C'est pour aérer les plancher et éviter qu'il ne moisisse. »

La nuit suivante, je suis réveillée à nouveau par des grincements du plancher. J'ai même cru entendre des chuchotements.

J'en ai reparlé à mes parents. Là ils m'ont traité de folle.

Un soir de la semaine dernière, ce devait être mardi car j'avais EPS le lendemain matin, j'ai eu du mal à m'endormir. J'ai fait le tour de ma chambre et j'ai fini par découvrir une lame de parquet disjointe. J'ai appuyé sur un des bords et j'ai réussi à la soulever. C'est là que j'ai aperçu un rayon de lumière provenant de l'interstice. Intriguée, j'ai poursuivi mes investigations. J'ai réussi à faire basculer la lame de parquet puis les suivantes qui la bordaient. Un escalier s'ouvrait devant moi, descendant sous ma chambre. Pourtant nous n'avons pas de sous-sol ! Je m'aventurai prudemment au début puis, m'enhardissais lors de ma progression. Je finis par déboucher dans un petit salon confortablement aménagé. De curieux petits personnages en salopette verte et bonnet rouge étaient attablés autour d'un copieux repas où je découvrais les restes de poulet que maman avait mis au frigo pour demain, un fromage acheté la veille et quelques fruits du verger. Devant ce spectacle, je restais bouche bée. Je ne sais qui fût le plus surpris de mon arrivée imprévue, mais loin de s'émouvoir, les gnomes se levèrent pour me saluer. Avant même que j'ai le temps de crier et d'avertir mes parents, ils m'avaient encerclée, cherchant à toucher mes vêtements, me prenant la main ou me caressant la joue avec des paroles de bienvenues. Ils m'invitèrent à partager leur repas, invitation que je refusais d'emblée, ne voulant par me rendre complice de leurs larcins. J'essayais de leur expliquer que venir voler notre nourriture n'était pas bien, mais ils contrèrent mes arguments en m'expliquant qu'ils étaient les premiers habitants de la maison. Ils avaient réussi à faire fuir les précédents propriétaires en chahutant la nuit afin de les effrayer, ce qu'ils avaient réussi à faire. Je comprenais mieux le prix peu élevé de la maison qui avait séduit mes parents. Les lutins avaient hésité à utiliser le même subterfuge avec nous, séduits par ma venue qu'ils attendaient depuis des mois.

Cette rencontre me prouvait au moins que je n'étais pas folle. Je remontais me coucher en prenant bien soin de remettre les lames de plancher à leurs places.

Le lendemain matin, cependant je me demandais si tout cela n'avait pas été finalement qu'un rêve quand j'entendis maman s'exclamer dans la cuisine « Où est passé le reste de poulet ? ». J'eus droit au sermon habituel « et tu te lèves encore la nuit pour manger, ne nie pas, le poulet a disparu. Mais tu ne manges pas à la cantine ou quoi ? Au prix que ça nous coûte pour bien te nourrir ! » Je n'insistais pas. Je n'allais pas leur raconter que des petits bonshommes en salopette verte habitaient chez nous et se servaient dans notre cuisine. Je n'avais pas envie qu'ils m'envoient chez les fous. Je partis au collège mais me promis de retourner le soir même rencontrer mes étranges voisins.

Ces visites nocturnes durèrent toute la semaine. J'avais réussi à leur faire comprendre d'être plus discrets dans leurs chapardages. Ils décidèrent alors de ne prendre que des petits morceaux, prenant soin de piocher dans des aliments différents, y compris dans les placards. Ils se mirent ainsi à rogner un bout de pain par-ci, une biscotte par-là, ne prendre que quelques biscuits dans plusieurs paquets différents, ou ne prélever que quelques restes dans le frigo. C'est quand ils éventrèrent un paquet de pâtes pour en récupérer une poignée que maman s'inquiétât. Ils avaient réussi à faire suffisamment de bruits lors de cette nouvelle escapade que mes parents les avaient entendus depuis leur chambre. « Des rats, nous avons des rats dans la maison ! » s'écria-t-elle au lever.

Ce matin c'est en refermant la porte d'entrée que j'ai entendu maman appeler une société de dératisation. Le car scolaire m'attendait devant la maison. Je n'aurai jamais le temps de prévenir mes nouveaux amis.

# Terreurs nocturnes

Demain c'est mon anniversaire et j'ai peur. Je vais avoir quarante ans et maman viens de décéder. La personne la plus importante dans ma vie. Elle me manque terriblement. Elle a toujours été là pour moi, attentive, vigilante.

C'est arrivé vers midi. Elle était dans la cuisine à préparer le repas lorsqu'elle est tombée d'un coup. J'étais déjà à table quand j'ai entendu le bruit du plat qu'elle a lâché lors de sa chute. Je me suis précipité. Elle était allongée par terre et me regardait avec ses grands yeux bleus emplis de frayeur. Elle ne parvenait plus à se relever ni à prononcer un mot. Seul son regard clamait son désarroi. Sur le coup, j'étais un peu désorienté. C'est que j'ai toujours vécu avec maman et c'est elle qui fait tout à la maison. Elle s'occupe bien de moi.

J'ai tout de même appelé les pompiers. Ils sont arrivés promptement. On dit souvent qu'ils mettent du temps à venir, que les gens ne sont pas pris en charges rapidement, mais moi je trouve qu'ils ont fait vite. Maman avait perdu connaissance avant leur venue, mais elle était encore vivante lorsqu'ils l'ont amenée à l'hôpital. Je les remercie de m'avoir permis de l'accompagner dans l'ambulance. Le centre hospitalier n'est pas très loin de la maison, mais il m'aurait fallu tout de même plus d'une heure de marche pour y arriver. C'est que je n'ai plus qu'elle comme famille. Mon père est décédé lorsque j'avais douze ans et mon frère ainé, plus récemment. Depuis deux ans nous sommes seuls, maman et moi, à occuper cette grande maison.

À l'arrivée au centre hospitalier, le médecin l'a prise en charge très vite. Un AVC a-t-il annoncé. Elle était dans le coma. J'ai passé l'après-midi à espérer. Elle ne s'est pas réveillée. « Nous avons tout essayé » m'ont dit les soignants.

Maintenant que maman est morte, je vais me retrouver tout seul dans cette grande maison que je hais.

Avant ma naissance, mes parents avaient acquis cette grande demeure de pierre, bâtie fin dix-neuvième, située en périphérie de la ville « pour une bouchée de pain » comme se plaisait à dire mon père de son vivant. Il n'en aura pas profité longtemps finalement. Moi je ne l'ai jamais aimée cette maison. Trop grande, des couloirs et des faux niveaux desservent des pièces que nous n'avons jamais occupées. Les bruits étranges la nuit, parfois les portes qui claquent sans raison – des courants d'air disait mon père qui ne voulait pas se rendre à l'évidence – me faisaient peur déjà tout jeune.

Que vais-je devenir désormais sans elle ? C'était ma béquille lorsque je déraillais. Les seules fois où je me suis retrouvé loin d'elle, c'est lorsque j'ai été hospitalisé, à la mort de mon frère. Il venait d'avoir quarante ans lorsqu'il est mort. Malgré mes trente-huit ans, j'étais terrorisé. J'ai fait une crise de panique J'ai été interné six mois. Mais il y avait les infirmiers, ça me rassurait et puis, l'hôpital, ce n'est pas la maison, il n'y a pas de monstres.

Les gendarmes ont dit que c'était moi qui l'avais étouffé dans son sommeil. Des médecins psychiatres m'ont examiné. Ils ont affirmé que j'étais jaloux de lui, qu'il mobilisait l'amour de maman et que moi j'en étais privé. Mais c'est faux. Je sais que je n'ai pas tué mon frère. Il y a eu une enquête concernant son décès. Les médecins ont conclu à un malaise cardiaque la nuit dans son sommeil. Comme papa. Le procureur a fini par classer l'affaire sans suite.

Lorsque nous étions enfants nous jouions ensemble, nous nous sommes toujours bien entendu. Lui, il avait moins peur que moi, il faisait le fanfaron. Moi je l'admirais. Il a pu aller travailler lorsqu'il a eu dix-huit ans, mais moi je n'ai jamais réussi à m'éloigner de maman. Des peurs phobiques disaient les médecins. Dès le collège, j'ai commencé à présenter des angoisses, juste après le décès de papa. J'ai dû poursuivre l'école à la maison, et maman s'est occupée de moi.

Aujourd'hui, je me retrouve abandonné sur le parking de l'hôpital et je rentre seul à la maison. Qui va me raconter une histoire avant de m'endormir ? Et surtout, qui va me protéger désormais ?

Ce soir je me couche dans la solitude de mes pleurs qui inondent le lit. Depuis tout petit, je me suis toujours endormi à l'abri de ses bras protecteurs, loin des monstres qui rodent la nuit. Ce soir j'ai peur de m'endormir. Les chuchotements et les bruits sous mon lit se font de plus en plus menaçants.

# Les poupées

Suite à une promotion pour mon mari et moi, une mutation professionnelle nous a amené à aménager dans ce quartier résidentiel cossu de Pittsburgh. Nous avons trouvé assez rapidement une maison à acheter. Une de ces villas dans un lotissement pour cadres aisés. Des maisons, toutes différentes, s'échelonnent le long d'une large avenue bordée d'arbres. Devant chacune, un jardin en pelouse, sans clôture si ce n'est, parfois, une petite haie délimitant chaque propriété. Un site aménagé pour que quiconque se sente bien chez lui au sein d'un environnement singulier, dans lequel la fortune de chacun s'évalue à la taille de la maison. Le budget retiré de la vente de notre précédente habitation nous a permis d'avoir le choix dans notre recherche. Par chance, nous avons trouvé rapidement la maison qui convient à un jeune couple et ses deux enfants.

Un logement en parfait état, dans lequel nous n'avons eu qu'à poser les valises, comme si les précédents locataires n'avaient pas eu le temps de s'installer. Par chance, l'agence a baissé considérablement le prix. L'absence de piscine justifie certainement ce rabais conséquent. Le reliquat va nous permettre d'en prévoir une rapidement. Les anciens propriétaires avaient disparu du jour au lendemain avec leur petite fille. Il y a bien eu enquête mais celle-ci n'a rien donné. Les héritiers, de lointains neveux, avaient hâtes de vendre. Cela nous convenait tout à fait, trop heureux d'aménager rapidement.

Cela fait maintenant trois jours que nous sommes installés. Enfin, installés, c'est vite dit. Il nous reste encore quelques cartons à déballer, mais l'essentiel est en place et les jumeaux ont organisés leurs chambres respectives à leur goût. Amélie a retrouvé son univers Barbie, quant à Aymeric il a déjà disposé sa collection de petites voitures sur l'étagère au-dessus de son lit.

Le carillon de l'entrée vient de sonner. Une femme d'une cinquantaine d'année à l'allure bon-chic bon-genre et cheveux grisonnants tirés en arrière, portant des boucles d'oreilles en diamant – deux carats au moins chaque diamant – se tient sur le seuil. Sitôt la porte ouverte elle se présente, souriante, très à l'aise.

– Bonjour, je m'appelle Margaretha, mais vous pouvez m'appeler Maggie. Je suis votre voisine, la grande maison là, à gauche. Nous vous avons vu arriver, mais avons préféré attendre quelques jours avant de venir vous déranger.

– Vous ne nous dérangez point, dis-je, faussement – j'étais en train d'ouvrir un dernier carton de vaisselle–.

– Mon époux et moi-même serions heureux de vous avoir pour déjeuner prochainement afin de faire plus ample connaissance.

– Avec grand plaisir, répondis-je, il faudra que j'en parle à Jacques et nous fixerons une date avant la reprise du travail.

– C'est déjà arrangé, me répond-elle toujours avec le même sourire, Edward a rencontré votre mari à l'arrière de la maison et nous avons décidé que vous passeriez demain midi.

Même si l'invitation était sympathique, je n'appréciais que modérément cette quasi injonction, mais si Jacques avait déjà dit oui, alors il n'y avait plus qu'à s'incliner.

∧∧∧∧∧∧∧∧∧∧

Le lendemain midi, nous nous présentons à la porte de nos charmants voisins, accompagnés de notre progéniture qu'il avait fallu sortir de force de leur tanière qu'ils réaménageaient quotidiennement depuis notre arrivée.

Leur maison, bien grande pour un couple seul, s'étend sur deux niveaux. Un double pignon en façade ainsi qu'un vaste porche terrasse démontre l'aisance de ceux qui y vivent. Un garage, fermé, dans lequel on imagine une superbe Bentley, borde la demeure sur le côté droit, jouxtant notre terrain.

La maitresse des lieux vient nous ouvrir, et j'avoue que l'intérieur surpasse l'aspect extérieur de la maison. Un hall d'entrée, aussi vaste qu'un salon, dévoile un vestiaire en bois exotique offrant aux visiteurs la possibilité d'y déposer blousons, sacs et clefs. Une porte sur la droite débouche sur une pièce immense, d'une hauteur de plafond interminable, qui sert de salle de réception. Monsieur, la soixantaine sportive, affublé d'un tablier finit de préparer le repas. La cuisine, située derrière une banque en palissandre et granit, est ouverte sur la salle à manger. Il nous salue d'un grand sourire et vient à notre rencontre.

– désolé de vous recevoir dans cet accoutrement, mais j'adore faire la cuisine. Je suis à vous dans un instant.

Contre le mur de gauche un escalier métallique mène à une coursive desservant l'espace nuit. Superbe l'escalier !

Le décor, très sobre, et l'ensemble couleur blanc-cassé et acier augmentent encore cette impression de modernité cossue.

Aucune plante, mais une fontaine japonaise dans un coin vient renforcer cette ambiance paisible et ce décor huppé.

Une immense table certainement signée d'un grand designer occupe l'espace central. Déjà dressée, elle n'attend que des invités de marque. Nous !

De façon tout à fait surprenante, et en total contraste avec la sobriété du reste de la maison, une somptueuse collection d'une dizaine de poupées aussi colorées les unes que les autres, apporte une note chaleureuse sur le mur du fond. Exposées sur deux grandes étagères placées sous la mezzanine, elles affichent un réalisme si dérangeant qu'elles en paraissent presque vivantes. Leur regard surtout est particulièrement expressif. A la limite du morbide.

– Je vois que vous contemplez notre collection de poupées.

« Contempler est un bien grand mot, me dis-je en moi-même. »

– Elles sont notre famille, un peu comme les enfants que nous n'avons pas eus. Poursuit Margaretha.

– Elles sont magnifique, m'écriais-je, affichant une fausse joie pour cacher mon trouble. Où les avez-vous trouvées ? De telles réalisations doivent être rares.

– Oh, vous savez, mon mari et moi aimons chiner ici et là. C'est fou ce que l'on peut découvrir dans certaines brocantes ou dans des réserves indiennes. Edward a d'ailleurs des origines Cherokee. C'est un avantage précieux pour collectionner de telles merveilles. Et c'est moi qui crée les habits. Poursuit-elle d'un ton satisfait. Elles portent toutes un nom. En fait, vous constaterez qu'elles forment des familles. Aujourd'hui nous en avons trois. Une avec trois enfants et deux avec un enfant unique.

J'avoue rester assez perplexe devant ses explications. A-t-elle dit collectionner ou confectionner ? La suite de la conversation se poursuit sur les éléments de décoration, minimalistes, mais néanmoins très exceptionnels. Un long dressoir en zinc, créé sur mesure, prolonge la banque de la cuisine en direction de la coursive. Un « outre-noir » de Pierre Soulage, d'un mètre sur deux, habille le mur au-dessus du buffet. Je n'ose imaginer le prix. Sur la gauche, un peu avant le départ de l'escalier, un totem de Louise Bourgeois semble vouloir tutoyer le faitage de la pièce. « Ils aiment chiner, mais nous ne fréquentons pas les mêmes brocantes », pensais-je.

Outre la décoration, je suis fortement impressionnée par le silence qui règne dans la maison. Interrogée à ce sujet, Margaretha répond :

– Nous n'aimons pas les bruits extérieurs. Vous ne trouvez pas ce calme particulièrement reposant ? Voyez-vous, lorsqu'Edward travaille, il n'aime pas être dérangé. Aussi avons-nous renforcé l'isolation phonique de la maison.

Nous passons à table dans un silence religieux troublé simplement par le bruit de l'eau de la cascade intérieure. Les enfants impressionnés chuchotent, alors que d'habitude, ce sont eux qui emplissent l'espace sonore de leur bavardage. Cette quiétude ne dure cependant que l'espace de quelques minutes, le temps que les jumeaux prennent leurs marques.

Je dois même les reprendre en début de repas avant que leur agitation n'incommode nos hôtes.

– Laissez-les, me dit Margaretha avec douceur, cela me fait tellement plaisir d'entendre jouer des enfants dans cette maison. Voyez-vous, nous n'avons jamais pu en avoir avec Edward et les vôtres sont adorables. Ce sera toujours un plaisir pour nous que de les accueillir. A ce propos, il faudra que je vous montre quelque chose après le repas.

Le repas, digne d'un grand restaurant, révèle les qualités culinaires de Monsieur. Et le choix des vins nous laisse sans voix. Des grands crus importés de France ! Et pour les enfants, des jus de fruits pressés accompagnent leurs mets favoris. A croire qu'ils nous ont espionné pour connaitre les goûts des jumeaux. Je me tourne vers Jacques, il arbore ce petit sourire que je lui connais bien. Il pense comme moi. Nos charmants voisins veulent nous impressionner. La discussion tourne autour de nous, ils veulent tout savoir, d'où l'on vient ce que l'on fait. Par contre, impossible de connaitre précisément l'univers professionnel de nos hôtes. Vaguement nous percevons un emploi dans la haute finance, Wall Street. Nous n'en saurons pas plus.

Le repas terminé, la maitresse de maison nous invite à nous déplacer vers une pièce dont la porte donne sous l'escalier. Dès que celle-ci est ouverte, les enfants, découvrant l'intérieur, s'écrient en cœur « Une salle de jeu ! » En effet, une pièce dédiée aux jeux d'enfants s'offre à nos regards. Un train électrique trône au milieu de cet espace. Alors qu'un circuit automobile miniature, dans un coin, invite à l'essayer. De l'autre côté, une immense maison de poupée cache des secrets qui ne demandent qu'à se laisser découvrir.

– Dis, maman, on peut aménager une pièce comme ça à la maison ? réclame Aymeric.

– Et moi je veux une maison de poupée aussi grande, rajoute Amélie.

– Mais nous n'avons pas la place mes chéris. Et vous avez chacun votre chambre.

– Vous savez, ils pourront venir jouer ici autant qu'ils le voudront. Considérez que chez nous c'est un peu comme chez eux. La porte leur sera toujours ouverte. Renchérit Margaretha.

Cette familiarité soudaine ne me convient pas vraiment. Nous nous connaissons à peine et cela me dérange fortement. Je vais pour rétorquer, mais devant l'insistance des enfants, partagé en cela par Jacques qui, de toute façon, leur donne toujours raison, je fini par céder.

∧∧∧∧∧∧∧∧∧∧

Nous sympathisons au fil des jours qui suivirent, alors qu'un léger trouble persiste toujours au fond de moi. Ce côté intrusif m'est particulièrement désagréable malgré l'accueil chaleureux dont nous avons bénéficié.

Faisant fi de mon inquiétude, Jacques appuie la demande des enfants et nous finissons par les laisser aller jouer chez eux. La rentrée des classes ne s'effectuant que dans une semaine, cela nous arrange plutôt. Nous pouvons profiter de ce temps libre pour finir de décorer la maison à notre goût. Je devrais plutôt dire « je » fini de décorer, car mon mari a déjà repris le travail.

Quelques jours plus tard, nous avons cependant été contraints de faire appel à eux et mes dernières méfiances se sont évaporées.

Alors que Jacques est en déplacement pour toute la journée, nous finissons de prendre le petit déjeuner dans la cuisine les enfants et moi-même. Sitôt terminé, les jumeaux se lèvent de table et se précipitent à l'étage pour se brosser les dents avant d'aller retrouver leur seconde maison. C'est alors que j'entends un grand bruit dans les escaliers et Amélie qui pousse un cri. Maman, Aymeric est tombé ! Je me précipite appréhendant le pire et trouve mon fils assis en bas de l'escalier, en pleurs, une grosse bosse sur le crâne. Ce qui m'inquiète le plus, c'est qu'il soutient son bras gauche avec sa main droite comme pour le soulager. Je m'agenouille devant lui et constate que son poignet enfle et devient tout bleu. Soupçonnant une fracture, je décide de l'amener à l'hôpital pour passer une radio de contrôle. A croire que la loi de Murphy me poursuit de sa malédiction aujourd'hui. Au moment de démarrer la voiture, rien ! Aucun voyant ne s'allume, la batterie doit être défectueuse. Je maudis un instant Jacques, cela fait déjà plusieurs fois que je l'alerte sur un souci au démarrage. Bien sûr il n'a rien fait pour anticiper !

Je décide d'aller demander de l'aide à nos voisins. Accueil charmant, comme toujours, ils acceptent évidemment de nous amener à la clinique. C'est Margaretha qui se propose. Je découvre enfin ce que cache leur garage. Outre la Bentley – j'avais deviné juste–, madame sort une Aston Martin DB5 – Une petite fortune pour s'imaginer en James Bond me dis-je ! Enfin, si elle veut se faire plaisir. C'est son argent après tout –.

C'est donc confortablement installés dans ce véhicule mythique que nous arrivons au centre hospitalier largement aussi rapidement que les services ambulanciers. Nous sommes promptement pris en charge. Pas de fracture –ouf ! – mais une belle entorse. Le poignet demande tout de même à être immobilisé une semaine, et donc plâtré. La rentrée scolaire est dans deux jours. Cela commence mal pour mon poussin.

De retour à la maison, je remercie chaleureusement Margaretha de nous avoir convoyés.

– C'est tout naturel, voyons ! Entre voisins, il faut bien s'entraider. Et je vous l'ai déjà dit, appelez-moi Maggie. Les enfants m'appellent déjà ainsi.

∧∧∧∧∧∧∧∧∧∧∧

La rentrée scolaire se passe plutôt bien pour les jumeaux, malgré l'entorse d'Aymeric. Ou peut-être grâce à cette entorse, devient-il rapidement le centre d'intérêt de la classe. Pour ma part, mon intégration dans ce nouvel environnement professionnel s'effectue au mieux, le laboratoire attendait leur nouvel ingénieur depuis quelques temps déjà et l'équipe s'est montrée très accueillante.

Nous n'avons pas encore eu le temps de nous faire des amis, entre les obligations professionnelles et les enfants nous sommes assez occupés. Nous avons commandé un devis pour la piscine que nous envisageons de faire bâtir à l'arrière de la maison. Les jumeaux ne vont plus aussi souvent jouer chez nos voisins, travail scolaire oblige. Nous leur autorisons le samedi après-midi et parfois le dimanche.

Ce soir les jumeaux tardent à rentrer.

Inquiète je pars les chercher. D'après nos voisins, ils sont repartis il y a plus d'une heure.
L'appréhension me prend soudainement au ventre. Mes enfants ! Où sont-ils donc ? Ils n'ont pas pu disparaitre sur un si court chemin. Sous le coup de l'émotion, je me sens défaillir.
Maggie me fait rentrer et m'assoir. Edward se rend à la cuisine me chercher un verre d'eau.

L'eau a un goût insolite. L'angoisse peut être. Il faut appeler la police. Je tente de reprendre mes esprits. Dans une demi-conscience j'aperçois la collection de poupée, il me semble qu'elle s'est agrémentée d'un garçon et d'une fille. La petite, les yeux baissés, semble cacher une immense tristesse. Mon regard croise celui du garçon et je prends conscience de l'inconcevable. C'est en entendant la clé verrouiller la porte d'entrée que je comprends pourquoi l'isolation phonique. Pourvu que Jacques avertisse les forces de l'ordre avant de venir me chercher.

# Kraken

Croyez-vous au Kraken ? Cette pieuvre gigantesque qui capture les navires et entraine les marins par-dessus bord. Je dois avouer que l'histoire que j'ai entendue d'un couple de marins m'a laissé perplexe.

Lors d'un séjour avec ma femme sur la côte Basque, nous avons fait la rencontre d'un couple à la terrasse d'un café devant la baie de Saint-Jean-de-Luz. Voisins de table, je ne pouvais pas m'empêcher d'écouter leur conversation. Ils parlaient navigation, océan et terres lointaines. Moi-même amateur de plaisance, je dressais l'oreille et fini par leur demander ce qu'ils avaient comme voilier. Nous entamâmes ainsi la discussion.

Jeunes, tous deux la quarantaine sportive, ils venaient des Antilles et avaient fait escale la veille dans le port de Socoa. Ils prenaient quelques jours pour visiter cette charmante petite ville basque et s'étaient arrêtés pour prendre un rafraichissement à la terrasse du café où nous nous étions posés pour un instant. Ils envisageaient de remonter le long de la côte atlantique afin de regagner leur Bretagne natale.

Nous bénéficiions, ma femme et moi, de la liberté loisir que permettent les vacances. Nous restâmes ainsi l'après-midi à discuter. C'est ainsi qu'ils nous racontèrent l'aventure qu'ils venaient de vivre en pleine mer.

∧∧∧∧∧∧∧∧∧∧∧∧

« *Nous avions quitté Fort-de-France et naviguions depuis quelques jours en direction de l'Europe. Nous avions la chance d'avoir beau temps et suivions la route passant par les Açores afin de bénéficier des vents d'Ouest, favorables en été.*

*Nous étions seuls depuis plusieurs jours au milieu de l'Atlantique et savourions la liberté que procure la navigation hauturière pour avancer à notre rythme. Nous avions prévu d'accoster l'île de Flores d'ici deux jours. Nous étions levés depuis moins d'une heure et profitions d'une mer calme pour prendre le petit déjeuner sur le pont. J'avais bordé la grand-voile et abattu le foc le temps du petit déjeuner. Nous n'avions que le clapotis des vagues sur la proue et le sifflement du vent dans les haubans pour venir briser ce silence que seule la navigation en haute mer peut offrir. Notre goélette traçait dans les huit nœuds, la mer était calme. Dans les rayons du soleil levant, nous aperçûmes alors un point à l'horizon qui semblait croiser notre route. Plus nous nous approchions plus l'allure du navire, car c'était bien un bateau, nous semblait singulière. L'embarcation était ballotée par les flots comme si personne à bord ne la dirigeait. Nous approchâmes du vaisseau et fûmes surpris de reconnaitre un ancien morutier en bois tels qu'on les construisait à la fin du dix-huitième siècle. Avec la proue fièrement redressée et son bout-dehors, duquel pendait lamentablement des lambeaux de la toile du foc, sa poupe caractéristique taillée en biais, et ce qui subsistait de ses trois mats, il conservait encore fière allure malgré les avaries qui se révélaient à notre vue durant notre approche. Le grand mat était brisé en son milieu, la misaine pendait lamentablement, encore rattachée à son tuteur et ne tenait plus que par enchantement. Le mat d'artimon soutenait un bout de voile déchirée, telle une dentelle dégradée par les ans. Celle-ci faseillait au gré des vents, suspendue à une vergue qui ne tenait plus que par l'opération d'une improbable intervention divine. Il avait dû dériver ainsi depuis des dizaines d'années sans croiser la route d'un quelconque navire et sans que personne ne le signale. Il a fallu que cela tombe sur nous.*

*Nous nous approchâmes de l'épave et l'abordâmes par bâbord. Après avoir appelé à plusieurs reprises sans que personne ne réponde, nous décidâmes de monter à bord. J'attrapais le grapin attaché à un filin et lançais le tout à l'abordage du terre-neuvier, tel un pirate des temps anciens. Le bateau fermement arrimé au notre, j'en entrepris l'escalade en m'aidant des aussières sur les flancs du navire, craignant à chaque instant qu'elles ne lâchent, usées qu'elles étaient par le sel et les ans. Je sentais en moi une fièvre aventurière et pourtant intérieurement peu fier face à l'inconnu de ce que j'allais découvrir.*

*Une fois de l'autre côté du bastingage, je trouvais une échelle de corde encore en état et la lançais à ma femme qui me rejoignit. Un silence de mort régnait à bord. Seuls quelques accastillages tintaient au bout de longues cordes usées par le temps. Une odeur âcre de moisi nous prenait à la gorge, comme si le navire pourrissait en son cœur. Il n'apparaissait aucune trace humaine récente.*

*Nous fîmes le tour de l'esquif, prolongeant nos investigations à l'intérieur, descendant jusqu'à fond de cale. Personne, pas même de restes humains. Il eût pourtant semblé logique de trouver des corps dégradés par le temps et le sel, voire des squelettes, nous nous attendions au pire. Pourtant l'absence de trace semblait indiquer que l'ensemble de l'équipage avait totalement disparu. Avaient-ils sauté par-dessus bord ? Cela semblait peu vraisemblable. Pour quelles raisons auraient-ils tous abandonné le navire ? Poursuivant nos recherches, ce que nous découvrîmes nous fit hérisser les cheveux. Une nausée m'envahit tout à coup, comprenant soudainement ce qui s'était passé. Des traces blanches de la taille d'une assiette se succédaient à intervalles réguliers sur le pont et le bastingage. Je poussais un cri en regardant ma femme. Elle aussi venait de réaliser ce qui s'offrait à nos regards médusés. Les vielles légendes du Kraken nous vinrent aussitôt en mémoire. En effet, les traces, maintenant que nous y prêtions plus attention, étaient bien alignées, espacées chacunes d'une cinquantaine de centimètres, allant rapetissant le long du garde-corps indiquant clairement le cheminement des longues lanières. Nous pouvions imaginer les appendices filiformes s'accrochant grâce à leurs ventouses afin de prendre d'assaut le bateau.*

*Je me représentais alors, comme si je l'avais devant moi, ce fier équipage, péchant la morue au large de Terre-neuve, apercevant soudain ces tentacules glisser le long de la coque, passer le plat-bord, ramper vers chacun pour les attraper. Les hommes tentant de sauver leur peau, voyant leurs camarades happés par ces choses gluantes et disparaitre dans les eaux glacées du Labrador. Le monstre n'a pas dû mettre longtemps à nettoyer le bateau. Examinant de plus près les alentours, nous vîmes alors les portes de la cabine désolidarisée de ses gonds, la trappe d'accès à la cale arrachée. La pieuvre géante avait dû envahir l'embarcation pour parvenir à ses fins. J'étais surpris que celle-ci n'ait pas coulée sous le poids du poulpe. Notre regard alerté, nous arrivions désormais parfaitement à suivre les traces du passage de la bête, les points de succion. Là sur le pied du mas, une trace du bec cornu lorsque celle-ci avait tenté d'attraper un des marins pour le dévorer. Ici l'empreinte d'un corps incrusté dans le bois écrasé par la pression des bras puissants, avant d'être dévoré. L'horrible vérité nous apparaissait désormais dans toute son horreur. La disparition de l'équipage n'était plus désormais un mystère. Ils s'étaient fait dévorer un par un jusqu'au dernier, du mousse au capitaine. En y regardant de plus près, certaines des marques laissées par la bête étaient sèches et anciennes, alors que d'autres semblaient encore fraiches et gluantes au toucher, comme si le monstre encore présent avait suivi l'embarcation jusqu'à aujourd'hui afin de s'assurer que plus rien de vivant ne demeura à bord.*

*Je tournais la tête vers ma femme. Elle eut brusquement un frisson que je partageai. Nous ne souhaitions plus rester plus longtemps à bord de ce navire au sein duquel trainaient les fantômes de la trentaine de marins et peut-être, comme cela se faisait à l'époque, des* quelques passagers qui voyageaient à fond de cale. Pas un n'a réchappé à l'appétit anthropophage. La bête, son repas terminé, avait laissé le navire poursuivre seul sa navigation. Depuis il erre, tel un bateau fantôme, sur l'océan.

Considérant le désastre, j'imaginais entendre les cris de terreur de ces pauvres gens et, malgré moi, regardai par-dessus bord si je n'apercevais pas deux yeux gigantesques émerger des flots, entourés de tentacules prêts à nous emporter également mon épouse et moi.

C'est à ce moment précis qu'un cachalot – enfin, je supposais que c'était un cachalot – vint percuter le navire. Ma femme poussa un hurlement. Nous nous précipitâmes vers l'échelle afin de réintégrer notre yacht au plus vite.

Arrivés à bord, j'ai bordé toutes les voiles pour nous éloigner au plus vite de ce sombre vaisseau. Nous n'avions pas fait un mille que nous heurtâmes quelque chose. Je pensais aussitôt au cétacé qui nous avait effrayé à bord du morutier. Je jetai un œil à la proue et distinguai une forme blanche, impressionnante par sa taille, s'enfuir par devant notre voilier. Je me précipitai pour prendre mon smartphone afin de le photographier. De retour sur le pont, il me sembla apercevoir un tentacule qui s'agitait à la surface de l'océan. Je pris la photo au moment où l'animal plongeait vers les abysses.

Nous avons fait halte le surlendemain aux Açores sans autre rencontre. Nous avertîmes la police maritime, car, outre le danger que représente une telle épave, cette *histoire de Kraken et la disparition de tout l'équipage nous avait secoué et nous souhaitions en savoir un peu plus grâce aux investigations plus poussées de la police scientifique.*

*Nous sommes restés quelques jours, le temps des recherches. Nous avions demandé à être tenus informés de la suite donnée aux investigations. Les autorités ont dépêché sur place une frégate et un hélicoptère, en vain. Ils n'ont pas trouvé trace du navire. Il s'en est fallu de peu que nous soyons inculpés pour faux témoignage et dénonciation mensongère malgré la photo de l'animal. Je regrettais alors de n'avoir pas eu la présence d'esprit de photographier le morutier.*

*Je suppose que le navire, usé par les ans a fini par sombrer. A moins que le Kraken ne soit revenu l'emporter définitivement avec lui au fond de l'océan. Toujours est-il que j'ai conservé cette photographie, la preuve que cet animal mythique existe bien »*

∧∧∧∧∧∧∧∧∧∧∧∧∧∧∧

Il me présenta alors son téléphone. Effectivement, on pouvait apercevoir une forme blanchâtre s'enfoncer sous les eaux. Était-ce un tentacule à la surface, ou alors un reflet ? Je ne saurai le dire. L'image est trop floue.

# Effacement

Ma femme et moi adorons chiner dans les brocantes et les vide greniers. Lors d'un séjour dans le Lubéron, nous nous sommes arrêtés devant une boutique qui nous semblait bien sympathique. La vitrine étalait un véritable cabinet de curiosité.

Nous avons décidé d'y pénétrer espérant dénicher la perle rare. Ma femme qui aime bien fouiller était tout à son aise tellement le désordre qui y régnait en maître compliquait fortement les recherches d'un néophyte. En y regardant de plus près un ordre se devinait dans ce désordre apparent. Et j'eus tôt fait de trouver les textes anciens qui font l'objet de mes recherches favorites. Ma femme qui recherche plutôt des bibelots s'était perdue devant une armoire remplie d'objets hétéroclites.

C'est en fouillant dans les paperasses poussiéreuses que je mis la main sur une édition originelle du « rayon vert », un roman peu connu de Jules Verne. Je réussi à le négocier à un prix fort acceptable et ma femme s'offrit une statuette en bronze représentant un faune, vraisemblablement d'origine gallo-romaine. En rentrant à notre hôtel, mon épouse commença le nettoyage de sa trouvaille tandis que je me posais dans un fauteuil afin de découvrir ma nouvelle acquisition et d'en apprécier la délicatesse de la finition. Les dessins, de l'auteur, étaient une pure merveille.

En feuilletant l'ouvrage, tombèrent sur mes genoux quelques feuillets manuscrits qui avaient certainement dû rester coincés entre deux pages et qui me semblèrent anciens, tant l'encre semblait fanée et le papier jauni. Certainement, l'ouvrage avait trainé plus d'un siècle dans un grenier poussiéreux et n'en était sorti que pour intégrer directement l'antre du brocanteur.

Je dépliais soigneusement les feuillets afin de prendre connaissance du contenu. L'écriture était fine et hachurée, traduisant l'angoisse de l'auteur. Les dernières lignes étaient confuses, à tel point que je dû faire un effort d'interprétation afin de décrypter la fin du texte. Ma surprise fût totale en découvrant l'histoire qui se dévoilait à moi au fil de ma lecture. Je vous en retranscris ici l'intégralité.

« Paris le 25 Août 1885.

*Il m'arrive ce matin une chose étrange qui, j'espère, va s'arranger dans les jours qui viennent. A mon réveil, je me suis rendu compte de la disparition d'un de mes doigts. L'auriculaire de ma main gauche. Cela ne me fait pas mal, mais à la place il n'y a plus rien. Le vide. En attrapant ma tasse afin de prendre un thé, j'ai pu la saisir avec mes trois autres doigts et le pouce. J'ai pensé un moment à un phénomène d'invisibilité, mais non aucune sensation ni préhension au niveau du petit doigt, comme s'il n'existait pas. L'évènement s'est produit durant la nuit pendant mon sommeil. Je n'ai rien senti.*

*Je suis allé voir mon médecin qui, par malchance, était allé visiter des patients à l'hospice. Son assistante m'informe qu'il est absent pour la journée. J'y retournerai demain matin. Je suis donc rentré chez moi. Le handicap reste léger mais je me mets à écrire ce journal car l'aventure n'est pas banale.*

*Paris, le 26 Août 1885.*

*Au réveil, l'horreur, c'est ma main gauche qui a entièrement disparue. Comme mon auriculaire la veille, au bout de mon bras, rien ! Je n'ai plus qu'un moignon. Heureusement que je suis droitier. Je commence à sérieusement m'inquiéter. Je me dépêche d'aller chez mon médecin qui heureusement est présent aujourd'hui. Trois personnes devant moi, je m'impatiente de savoir quelle maladie j'ai pu attraper et surtout si cela est réversible.*
*En consultation, je trouve mon médecin aussi perplexe que moi. Ce qui m'arrive dépasse ses compétences, qui pourtant sont importantes – il a été formé à la nouvelle faculté de médecine de Paris–. Même si aucun remède ne peut m'aider à revenir à mon état initial, au moins qu'il fasse quelque chose qui me permette de stopper ce cauchemar. Je lui demande si un de ses confrères ne pourrait pas me venir en aide.*

*Paris 27 août 1885*

*Au réveil c'est tout mon bras gauche qui a disparu durant la nuit. Je n'ai rien senti, comme si cette amputation survenait subrepticement, sans douleur pendant la nuit. Je retourne consulter. Sur les conseils de mon médecin, je décide de ne pas dormir la nuit prochaine pour observer le phénomène. Je bois un demi-litre de café pour ne pas m'assoupir. Je passe la nuit à m'observer, surtout mes membres, car il semble que cette étrange maladie s'en* prend à mes bras. Vers trois heures du matin je sens le sommeil me gagner. Je vais marcher un peu dans le jardin. Après une heure de marche, qui m'a fait le plus grand bien, je rentre dans la maison reprendre une tasse de café bien fort. Aucune anomalie ne s'est encore produite sur les extrémités.

Paris 28 août 1885

J'ai réussi à ne pas dormir. Au petit matin, rien ne s'est produit. Aucune partie de mon corps n'a disparu. Je cours chez mon médecin pour lui annoncer la bonne nouvelle. J'ai enfin trouvé le remède permettant d'arrêter le mal qui me ronge. J'arrive tout essoufflé chez le praticien. J'ai couru afin de lui annoncer la bonne nouvelle, tellement je suis heureux de voir enfin le bout de cette malheureuse aventure. Lorsque je lui explique la solution, il me regarde d'un air profondément attristé. Je m'inquiète.

– Vous ne pouvez pas rester éternellement sans sommeil. L'être humain ne peut survivre qu'un maximum de trois jours sans dormir.

– Comment faire alors, m'inquiétais-je ?

– Je vais prendre contact avec un de mes professeurs, Louis Duménil spécialiste des amputations, il saura certainement quoi faire.

– Mais je n'ai pas besoin d'amputation, je m'ampute déjà en dormant, m'écriais-je !

*Finalement je me range aux arguments du médecin qui contacta son confrère. Au vu de l'urgence, le 29 août étant un Dimanche, il obtient un rendez-vous pour le 30 août.*

*Paris 30 août 1885.*

*J'ai dormi cette fin de semaine. Evidemment je me suis réveillé une jambe en moins. La droite pour être précis. J'ai l'impression que l'effacement, comme je l'ai appelé, s'accélère.*

*C'est à cloche pied que je me suis rendu chez mon médecin. Celui-ci n'a pas réussi à cacher son inquiétude. Il m'a amené en coche jusqu'à la Salpêtrière où nous attendait son confrère. Le professeur Duménil a pris une heure pour m'examiner sous toutes les coutures. Surpris par cette troublante mutilation spontanée, il ne sut que répondre aux questions, nombreuses, qui me venaient. Ce fut plutôt lui qui m'en posa, et de nombreuses : « Avez-vous séjourné dans les colonies ? Avez-vous eu des rapports sexuels interdits ? Avez-vous bu des boissons alcoolisées ou mangé des mets tropicaux ? Avez-vous fumé de l'opium ou pris des substances narcotiques ? » Ayant répondu par la négative à cet interrogatoire intrusif, je l'ai vu repartir, poursuivre ses consultations nous gratifiant d'un « Je vous souhaite bon courage ».*

*De retour au cabinet médical, mon médecin me fournis une paire de béquilles afin de faciliter mon retour à la maison – pas facile à utiliser avec un bras en moins –. Je ne vais pouvoir en utiliser qu'une, la droite, que mon bras valide arrive à tenir fermement.*

*Ce soir je rentre chez moi – encore heureux que j'habite en rez-de-chaussée – et me couche avec plus d'inquiétude encore que la veille. Que me réserve demain ?*

*Paris 31 août 1885*

*Le mal a empiré, je n'ai carrément plus de jambe droite, l'effacement est remonté jusqu'à la hanche. J'ai deux orteils du pied gauche qui ont également disparus. Je peux encore me déplacer grâce aux cannes. Ce matin j'ai le moral en berne. Je ne sais plus quoi faire ni vers qui me tourner. En récupérant le journal, livré de bonne heure, mon regard est attiré par un article évoquant un certain Louis Pasteur qui aurait découvert, en Juillet, un médicament miracle contre la rage. Il appelle cela un vaccin. Il s'agit d'un traitement totalement révolutionnaire. J'attrape ma canne anglaise et file chez mon médecin à cloche-pied en prenant appuis sur le pied gauche et la canne à droite. Les gens se retournent sur mon passage. Je n'ose imaginer ce qu'ils pensent. Je n'ai envie ni de plaintes ni d'apitoiement. J'ai la rage ! Ça tombe bien, Pasteur devrait pouvoir y faire quelque chose – j'essaie de conserver encore un peu d'humour –.*

*Arrivé chez mon médecin, je passe devant les patients malgré les protestations – pour la plupart de pure forme, à la vue de mon état–.*

*J'entre dans le cabinet, fort heureusement, le praticien n'est pas en consultation. Je lui tends le journal, ouvert à la rubrique médicale sans même dire bonjour.*

*– il faut contacter cet homme ! m'écriais-je sans lui laisser le loisir de réaliser que je viens d'investir son bureau sans y être invité.*

*– Calmez-vous, me répond-il. Que voulez-vous dire.*

*Je lui explique alors mon idée et l'ultime espoir qui me reste de pouvoir, sinon guérir, au moins stopper l'avancée de la mortification.*

*J'use d'arguments qui finissent, malgré sa réticence, par être convainquant. Il accepte finalement de contacter le scientifique. Nous décidons que la prochaine visite se fera à mon domicile.*

*Paris 5 septembre 1885*

*Une semaine s'est passée à me morfondre dans ma maison, constater avec effarement mon effacement progressif. Mes deux jambes ont disparu ainsi que le bas de mon corps. Curieusement, je ne ressens plus le besoin de me nourrir. C'est déjà une bonne chose car dans mon état, impossible désormais de me déplacer. J'ai passé le début de semaine à entreprendre la lecture d'un roman de Jules Verne, acquis la veille de mon épreuve. Il me sert d'écritoire pour supporter les feuilles de papier que je noirci au fil des jours. Je reste dans ma chambre à lire. J'écris de ma main droite restée valide afin de poursuivre la rédaction de ce témoignage.*

*Paris 6 septembre 1885,*

*Le mal a encore progressé et atteint mon thorax. Le*

*médecin vient de passer avec le professeur Pasteur qui a eu la bonté – ou la curiosité ? – de venir m'examiner. Selon lui, nul remède ne permet dans l'état actuel de la science, de me soigner. Même pas son fameux « vaccin » !*

*Le praticien m'a demandé, vu mon état, si je souhaitais être hospitalisé. J'ai répondu que je préférais finir cette aventure entre mes murs, entouré de mes meubles.*

*Paris 7 septembre 1885*

*Il me reste le haut du torse, la tête, une épaule et mon bras droit. Je m'endors en sachant que demain il est fort probable qu'il ne me reste plus que le bras.*

*Aucune idée de la date*
*Ma main écrit, machinalement, à l'aveugle, en espérant trouver la feuille afin de terminer dignement ce journal. »*

Le reste est illisible. Je suppose que l'auteur a souhaité marquer son existence en ce monde jusqu'au bout. Mais quelle fin ! Et quelles angoisses ce pauvre homme a dû endurer dans ses derniers instants !

J'ai souhaité en savoir un peu plus sur cette étrange affaire. J'ai recherché dans les journaux de l'époque sans rien trouver. Aussi ai-je décidé d'aller interroger le boutiquier sur la provenance de l'ouvrage acquis chez lui la veille. Je pensais ainsi mener mon enquête et résoudre ce mystère en démêlant la vérité d'un possible canular.

Étonnamment, je n'ai jamais réussi à retrouver cette boutique, un peu comme si, elle aussi, s'était effacée.

## Table des matières

**Malus Noctes**..................................................7

**En thérapie**...................................................25

**De surprenants voisins**...............................35

**Terreurs nocturnes** ......................................43

**Les poupées**.................................................49

**Kraken**..........................................................61

**Effacement** ...................................................71